Para Sam.
Ch. P.

Aunque tiene la nacionalidad francesa, **Florence Ducatteau** nació y vive en Bruselas. Titulada por el Instituto de las Artes de Difusión en la Sección de Teatro, ha formado parte de los equipos de creación del Théâtre des Quatre Mains y del Théâtre Loyal du Trac. Licenciada en Psicología por la Universidad Católica de Lovaina La Nueva, en la actualidad ejerce de psicóloga de orientación psicoanalítica. Ha escrito y ha publicado cómics y novelas juveniles desde 2002 (en las editoriales Milan, Hatier, Averbode y Erpi). Colabora también en diversas revistas juveniles.

Chantal Peten nació en Bélgica en 1974. Estudió Ilustración y Cómic en la Academia de Bellas Artes de Bruselas. Actualmente es ilustradora y diseñadora gráfica e infográfica. Ha publicado varios cómics para niños en las editoriales Pastel, Alice y La Renaissance du Livre. Ha utilizado para la serie «Osito y Léontine» una técnica mixta que combina el lápiz de color, el rotulador y la tinta.

Publicado por vez primera, bajo el título original *La Dispute*, por La Joie de lire SA (5 chemin Neuf, CH – 1207 Genève).

La Dispute © 2010 Editions La Joie de lire SA

Copyright de esta edición: © Editorial Flamboyant S. L., 2012
Copyright de la traducción: © Gabriel Cereceda Oyón, 2012

Corrección de textos: Raúl Alonso Alemany

Primera edición: marzo, 2012
ISBN: 978-84-938602-8-8

Impreso en TBB, Eslovaquia.

www.editorialflamboyant.com

Osito y Leontina

La discusión

Florence Ducatteau y Chantal Peten

editorial
flamboyant

Osito y Leontina juegan juntos casi todos los días.

—¡Mira, aquí hay uno supergrande!

—... Ocho... Nueve... Diez. ¡Yaaa!

—Mmm... Qué bien huele aquí.

—¡Aúpa!
—Te toca...

—¿Jugamos a las cocinitas? —propone Leontina.
Osito se para en seco:
—¿A las cocinitas?

—No quiero jugar a las cocinitas. ¡Es un juego de niñas!
—¿Y qué?

—Grrrr...
—... ¡Grrrr!

—Si piensa que voy a jugar a eso...

—Si piensa que va impedirme jugar a las cocinitas...

—Por otro lado, me da lo mismo.

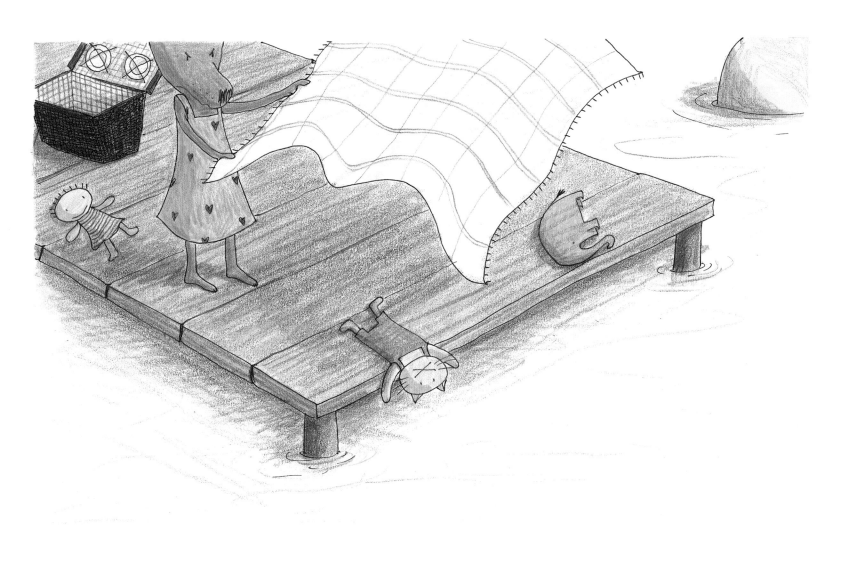

—Juego igual de bien sola.

—¡Mira! Voy a hacer una balsa.

—Sentaos, tengo galletas y cerezas.

—¡Otra libélula! Me pregunto qué hará Leontina.

—¡Ya está! Zumo de manzana fresco.

—¡Jolines! La balsa se ha desatado.

—¡Anda! ¿Es Max?

—Tú, ven aquí.

—¿Lo has cogido? —pregunta Osito.

—Sí...

—¡Uf! Gracias.
Hum..., Leontina...
Perdón por lo de hace un rato...

—¿Organizamos una carrera de caracoles? —propone Osito.

—De acuerdo. Y el que gane se quedará con la galleta más grande.